KB270629

말뚝

황금알 시인선 63

말뚝

초판인쇄일 | 2012년 12월 24일
초판발행일 | 2012년 12월 31일

지은이 | 이여명
펴낸곳 | 도서출판 황금알
펴낸이 | 金永馥
선정위원 | 마종기 · 유안진 · 이수익 · 문인수
주 간 | 김영탁
편집실장 | 조경숙
표지디자인 | 칼라박스
주 소 | 110-510 서울시 종로구 동숭동 201-14 청기와빌라2차 104호
물류센타(직송 · 반품) | 100-272 서울시 중구 필동2가 124-6 1F
전 화 | 02)2275-9171
팩 스 | 02)2275-9172
이메일 | tibet21@hanmail.net
홈페이지 | http://goldegg21.com
출판등록 | 2003년 03월 26일(제300-2003-230호)

ⓒ2012 이여명 & Gold Egg Publishing Company Printed in Korea

값 8,000원

ISBN 978-89-97318-33-9-03810

말뚝

이여명 시집

황금알

오랫동안
지방공무원에 몸담아 오면서
보았던 마을 풍광들

그곳에서
주민과 함께했던 희로애락들,
오래전부터 보고 듣고
경험했던 체험들

무엇으로나마
남겨보고자 생각하고
시작한 것이 시가 되었다

한 묶음의 시
주민들과
이 산야山野에 바친다

2012년 가을
이여명

차 례

1부

자판기

따뜻하게 품다가 내어놓을 새 새끼 기다리며
틈새로 동전 몇 알 집어넣는다

어미로부터 이탈하는 날갯짓 소리 들리고
새 새끼 툭 떨어진다

익숙한 듯 그러나 조금 더듬거리는 손으로
새 새끼 죽을까 봐 조심스레 움켜쥐고
손을 빼 나온다

누가 또 남은 새끼 끄집어내며 새집을 털지 모른다

줄다리기

마치 성교하듯 암줄의 입을 벌리고
수줄의 대가리를 삽입하는 것이다
암줄 구멍을 뚫어 나온 수줄 귀두에
굵은 말뚝을 비녀 찌르듯 찔러
암수 두 줄을 잇는 것이다
비로소 교접이 완성된 한 몸
양편을 갈라서
시샘이라도 하듯 마을 사람들 우우
붙어서 떼어내려고 하는 것이다
붙은 암캐와 수캐를 떼어내듯
그러자 암수 두 줄이 방아를 찧듯
무르팍 높이로 엉덩이를 들썩이며
웃사웃사 힘을 주는 것이다
붙은 두 줄은 떼어지지 않고
소나부 말뚝만 탱탱하게
힘이 들어가는 것이다
사람들은 별안간 자신이 교접히는 양
땀을 빨빨 흘리며
뒤로 나자빠지는 것이다

쥐

밑바닥 사는 쥐를 잡기 위해 시장바닥에서 끈끈이 사
왔다

굵은 멸치 두어 마리 가운데 풀고 참기름 몇 방울 떨어
뜨렸다 죽은 멸치에게 공양이라도 하는 것처럼 그래서
쥐에게 공양을 하라는 듯이, 싱크대 아래 하나 뒤 추녀
밑 감자 대야 옆에 하나 두고 소쿠리로 참새 잡듯 종이
박스로 가렸다

쥐 돌돌 드나드는 골목은 어둡고 좁은 외길일까 굽어
돌다가 수직으로 오르며 낮게 엎드려 알 수 없는 파이프
모양의 길일까 그러나 그 삶 대나무같이 곧을지 모른다
해 지면 도둑같이 숨어 먼 길 떠나고 날 밝아 오면 밤길
노동자처럼 젖어 돌아오는 것

실지렁이 시궁창 좋아 시궁창 살듯 시궁쥐, 시궁창 떠
나 살지 못할 것이다 입으로 하늘 뚜껑인 듯 하수구 망
들어 올리며 오래전부터 서로 아는 듯한 눈빛으로 솟아
오를 때 차마 난 그 눈 바라보지 못할 것이다

낯선 끈끈이 앞에 주둥이 끌고 다가가서는 통마리고기
향해 와락 덤벼들 것인지 붉은 발바닥을 대었다 떼고 닿
고는 또 거두면서 고양이 쥐 놀리듯 앞발로 그러면서 느
리게 느리게 빠져들 것인지

밤새워 독 갊아 독 뚫는다는 쥐, 가로등불빛 없이 지
하로 쫓는 쥐 바스락거리는 소리가 내 가식을 후려친다

수사마귀

정형외과 대기실 의자에
한 노인 진료 기다리며 앉아 있었다
바짝 마른 체구가 잡아먹히는 날만 기다리는
교미 끝낸 수사마귀 같았다
어디 편찮으시냐고 물으니
왼쪽 다리가 콱콱 못 박듯 쑤신다고 말했다
언제 다친 적 있으시냐고 물으니
괜히 그런다고
나이 먹으면 능청떨듯
아픈 데가 어디 숨어 있다가 나온다고
그러나 병원에 앉아 있으니
어느 구멍으로 들어가 버렸는지
이제 아프지 않다고 말했다
그냥 좀 있다가 돌아갈 거라고
그 눈,
모래바람 먼 사막을 건너온 낙타 눈 같았다

우럭 새끼들의 사연

횟집 수족관 속에 우럭 새끼들
눈 동그랗게 뜨고 유리벽 너머
바깥세상 보고 있다

무슨 비밀스런 사연 있길래
한 발 가까이 벽면에 바짝 붙어
주인 몰래 나에게
입을 벌렸다 오므렸다 떼 지어
입속말로 중얼거리는 걸까

나는 그 뜻 알 수 없어
복잡한 인도 블록 위에서
이리저리 서성거렸다
한참 후 그 뜻 알 것 같았다
생각보다 바깥세상이 싫어
다시 바다로 가고 싶다는
속삭임이었다

꽁치

쟁반 위에서 해체되고 있다
뾰족한 주둥이도 눈알도 허공을 응시하지 못하고 있다
푸른 바다의 물결을 만들었던 몸
여기 식탁에서 온전히 해체되고 있다
검푸른 껍질에 붙어 죽은 살코기가 발라진다
등뼈에 가로 붙은 갈비뼈가 도랑에서 씻긴 써레 날처럼
드러난다 가느다란 속뼈는 어디에 썼을까
그의 신경을 눌러 쥐고 물속 깊이 지느러미를 흔들던
기억
감추고 싶었을까 검은 뱃속은 진흙 웅덩이처럼 진물을
쏟아낸다
간암으로 복수가 차올라 죽은 농사꾼 내 친구도
소리꾼들이 달래자 상여 위에서 진물을 쏟아내
가던 길 머뭇거린 적 있었다 나는 오늘
그의 몸을 좀 색다르게 기름에 익혀 대렴하고 있다
등뼈를 세워 뒤집고 아가미와 꼬리 쪽 살은 조금 붙여
두고
검은 뼈로 반듯하게 누워 있다
누구든 끝에는 흰 뼈 검은 뼈로 남는다는 걸 안다

그도 무덤 속에 이렇듯 누워 슬픈 생각들부터
먼저 도려내 날마다 파내고 있을 것이다

씨앗 보자기를 풀며

어머니는 잦은 안질로 투병 중이다

처마 밑 기둥에 걸어두었던
먼지가 쌓인
해묵은 검은 씨앗의 보자기를 푼다

신문용지로 싸맨 상추, 고추씨
헝겊에 동여맨 열무, 배추씨
그냥 발가벗은 채 굴러다니는 옥수수
말라 비틀어져 미라가 된 가지 몸통
검은 망사에 담긴 콩

계절 따라 파종 되기를
애타게 기다리던 씨앗들
환한 세상 빛이 투시되는 순간
감았던 눈 놀라 크게 뜨고
보자기 속 들여다보는 내 얼굴로
와락 달려든다

일제히 노란 입 벌리고
모가지를 뺀 새끼 새여!

나는 생명의 보자기를 들고 떨고 있다
이 씨앗의 어미 새!

측백나무와 참새

아침, 어디서 참새 한 마리 날아와
강동면사무소 마당 측백나무 가지에 앉는다
나뭇가지가 철렁하고 파문을 일으킨다
쫑쫑 몇 발짝 옮기더니
금방 땅으로 수직 하강한다
다시 커다란 포물선을 그리며
키 큰 은행나무 가지로 이동한다
뜰에 몰려 있던 라일락 향기
그 꽁무니를 쫓아 따라간다
그 선!
하강 수직선과 포물선
아침 일찍, 참새가 가뿐하게 처리하는
수결 手決

칸막이를 사이에 두고

우리가 감포식당 방으로 들어서니
안주인은 방 가운데 칸막이를 드르륵 쳐
이쪽저쪽 방을 갈라놓는다
이쪽 사람들은 저쪽 사람 모르고
저쪽 사람들은 이쪽 사람 알 리가 없다
펑퍼짐하게 음식이 식탁에 나온다
이쪽 사람들은 저쪽의 음식을 모르듯
저쪽 사람들은 이쪽에 무얼 먹고 있는지 모른다
저쪽에는 어떤 이야기를 하며
오늘 점심밥을 먹고 있을까
곗날 노래방 갔던 이야기 하고 있을까
서울 가락시장에 보낸 부추 시세
아니면 누구 집 잔치
올봄 사과나무 가지에 온 꽃이야기를 하고 있을까
저쪽에서도 이쪽이 궁금할까

찔레꽃

하얀 찔레꽃 지는
산길 사이로
검은 리본 맨
상여 지나간다

젊은 공학박사의 주검
뒤에 따르는
앳된 미망인

고랭지 어린 무밭
두충나무 아래
상두꾼과 문상객들
소고기국밥 먹는다

산등성이 먼 곳
태양 아래
다른 새 둥지에 알을 깐
뻐꾸기 운다

삼계탕

　눈물 보이지 않으려 가만히 목 대주었을까 대가리 없
는 편이 견디기 쉬웠을까 벼슬은 아예 생각지 않았다 터
진 속 보이지 않으려 오그렸다 날아가지 않겠다고 그 가
벼운 날개 털 뿌리까지 뽑혔다 꽁무니 멀리 빼지 않으려
몽탕한 꽁지마저 형체도 없이 잘렸다 한 발 움직이지 않
겠다고 투박한 목발처럼 두 발은 잘려 주었다

　심장 빼내고 인공 심장 쑤셔 넣듯 내장 쏟아내고 자잘
한 생각들 사리같이 채워 와불臥佛처럼 누웠다 인삼 몇
손마디 굵어진 채 뻗었다 대추가 숨어 눈이 퉁퉁 붓도록
붉게 울었다

오일장

장터 입구 난전에
마네킹이 옷을 파네
날씬한 몸뚱이로 나보다 먼저
미나리 같은 봄옷을 입고

주인은 뒷전에 조는데
한발 앞서 나와
남자 마네킹은 여자 장꾼을
여자 마네킹은 남자 장꾼을
불러모으고 있네

들며 날며 옷매무새 만져 보는
내 고장 낯익은 사람들
그 낯빛 바라보는 마네킹의 눈
그 마음 실은 눈빛 아래
알록달록 옷 고르는
봄볕에 정겨운 오일장의 사람들

불국장터 입구에 마늘종처럼

종일 꼿꼿이 서서
녹색 물 뚝뚝 떨어뜨리며
봄옷을 파네

겨울 녹인 물이 길바닥에 흥겹네

아버지와 쇠파리와 미루나무

땡볕 하늘 아래 논을 매셨다
빛바랜 삼베적삼 논두렁 가에 뉘어 두고
논고랑의 올방개 사마귀풀 피를 뽑으셨다

어디서 바라본 듯 굴러 온 쇠파리
아버지 등에 달려들 때
허리춤에 꽂은 미루나무가지 빼어
채찍처럼 젖은 등 향해 내려치는 것이었다

노 저어 쪽배가 물결을 건너가듯
등쳐 볏논을 헤쳐 가려는 듯이

언제나 그랬던 것처럼 쇠파리
들판으로 날아갔고
채찍은 아버지에게로 돌아오는 것이었다
쭉정이 농사일처럼 바람만 일렁이게 하고
잎 떨군 빈가지 다시 꽂혔다

진흙 구덩이 벼 포기 사이에 평생 파묻혀

가난의 뿌리 긁어내듯 잡초 밀어낼 때
길마처럼 구부린 등 위를 스쳐 갔던
푸른 바람이야 알았을 것이다

선거 벽보

강동면사무소 앞 시멘트벽에 선거 벽보 붙었다
살아온 내력과 공약들 펴들고
가파른 절벽에 일렬횡대로 붙었다
납작하게 앞만 보고 붙어 있다

누군가 와서 안경을 씌우고 코를 반쯤 뭉개고
중절모자를 얹었다
눈을 크게 뜨고 콧대 조금 꺾고 행동을 바로 하라는 듯

흙발로 지나가는 면민들
눈 깜박하지 않고 면면이 살펴보고 있다
부동자세로 끝까지 발을 따라가고 있다
밤이슬에 젖고 봄볕에 그을리고 있다

경계

정월 보름날 동제 지내고
느티나무 사이로 금줄을 쳐 놓았다
새끼줄에 솔가지 꿰고 흰 헝겊 꿰어

제단 가에는 붉은 흙 띄엄띄엄 깔아 놓았다

늘어뜨린 저 경계 안으로 아무도 들어갈 수 없다

죄 없는 귀신,
키 큰 나무 그림자 데려온 달빛과
그 그림자 흔드는 바람이 드나들고 있다
텃새들 잠들어 있다

말뚝

고삐를 당겼다 팽팽하게 공중에 줄을 치며 외줄로 잡아당겼다 말뚝은 말뚝대로 소는 소대로 잡아당겼다 소가 한번 잡아당기면 말뚝도 한번 잡아당겼다 소 힘만큼 말뚝에게도 힘이 있었다 소가 바깥으로 끌어당기면 말뚝은 안으로 끌어당겼다 이쪽에서 놓으면 저쪽에서도 놓았다 서로 모르게 끌어당길 수는 없었다

검게 박힌 말뚝으로부터 소는 달아날 수 없었다 말뚝도 한 발 움직일 수 없었다 서너 발 거리에서 말뚝은 소를 소는 말뚝을 바라보았다 말뚝이 없으면 소 없고 소 없으면 말뚝 없었다 이 말뚝에 소뿔때기를 오래 비빈 적 있었을 것이다 그때 말뚝도 제 뿔때기를 소뿔때기에 비벼대었을 것이다 소가 스스로 고삐를 맬 수 없듯 말뚝도 스스로 땅을 뚫지 못했다 말뚝이 땅에 박혀 있지 않으면 말뚝이 아니었다

석류나무 가지를 자르며

개난초 촉 스며나오는 봄 뜰에
석류나무 가지 휘어
작년에 자란 도장지徒長枝와 죽은 가지를 자른다

가지 곳곳에 돋아 날 세운 침이
내 손가락 끝을 찌르고
가위 든 내 손은 너를 자른다

팽팽하게 서로 잡아당기다가 허공에 놓으면
그 자리가 그리운 듯
슬며시 제자리로 가는 나뭇가지

튕겨 오르다가 후두둑 회양목 사이로 고개 떨구는
검게 묵은 석류 몇 송이

쓰레기 소각통

나는 이 드럼통을 화장장이라 부른다 안팎에는 그들이
토해낸 배설물이 검게 자라고 덜 탄 나무토막 쭈그러진
캔 잡동사니들 겹겹이 있다

여긴 완전히 죽어서 와야 한다 자살을 생각하는 자가
의도적으로 숨어들어 오고 혹 자신도 모르게 섞이어 들
어왔다가는 급히 되돌아 나갈 때 있다 그것이 요즘 늘어
나는 추세다 살아 있는 자 끄집어내는 데 화장지기는 힘
이 든다

단번에 타고 새까만 재로 남아야 한다 꼬챙이로 뒤적
일 때 몸 빼지 말고 뜨겁게 사라져야 한다 어떨 때 강제
로 사형이 집행되는 데 화장지기는 고개 돌리며 참을 수
없는 눈물을 흘린다

어떤 영혼은 희고 어느 것은 검다 공중으로 올라 어디
로 흩어지는데 옆으로 기어코 가는 영혼도 있다 혼 빠져
나간 뼛조각, 금은붙이 이빨, 모르고 삼킨 돌멩이들 귀
찮게 긁혀진다 옛날에는 고이 마늘밭에 뿌려 영혼을 달

랬지만 화장지기도 이제 늙어 있는 것이다

그렇게 살다 가는 것은 인간이나 마찬가지다

무말랭이

혈관 속의 핏기마저 창백하다
한 톨 물기 다 버려야 말랐다고 할 건가
저 속까지 내보이며 바람에 들떠 날리고
온몸 말려 올라 더 이상 마를 수 없어야
속이 풀리는가
낮에는 햇볕에 달구어지고 밤엔 찬 서리에 얼리는
긴 담금질로 이리 꼬부라지는 걸까

한세상 살면 뼈도 오그라드는가
길고 짧고 굵고 가늘게 제멋에 살다
햇볕과 바람에 몸 맡긴 무말랭이
얼마나 가벼워져야 저승 가는 걸까

투계

구경꾼들이 찌그린 눈으로
닭대가리 쏘아보며 검은 닭 편들다가
붉은 닭 편들다가 하는데
검은 닭이 먼저 그 부리로 굼벵이 채듯
붉은 닭의 벼슬 쪼아 물고 늘어지니
붉은 닭 몸 비틀어 빠져나오면서
푸닥닥 훌쩍 계집애 널뛰듯 뛰어
검은 닭의 뒤통수 또 꼬집어 내려 뜯는다
검은 닭 물러서며 붉은 닭의 귓불
콕콕 찌르며 서로 모가지 꼬더니
검은 닭이 붉은 닭의 발에 걸려 꼬부라지면서
간신히 몸 꺾어 나와 또 고개 돌려
붉은 닭의 눈알을 바로 찍고
빙글빙글 돌다가 두 바리 보누 이제는
발뒤꿈치 들고 주둥이 마주 내고 섰는데
그 대가리와 갈기에는 온통 검은 피 빛나고
양 날개 펴 헉헉대는 두 닭 눈알 자세히 보니
상대 닭의 눈 쳐다보는 게 아니라
아, 손에 돈 움켜쥐고 둘러앉은
투계꾼 눈알을 빤히 보고 있는 것이다

2부

어물전

상어는 바다의 식인 상어가 아니었다
토막 난 돔배기
어물전 좌판에 붉게 놓여 있었다
도미 조기 가자미 꼼짝하지 않고
눈알 빤히 뜬 채 주인 기다리고 있었다
차례로 몸을 자랑하고 있었다
한 손 혹은 두 손 하면서
제사상에 맞는 크기와 마릿수로 팔려 가고 있었다
어물전 아줌마는
조기가 바다를 그리워할 것 같았는지
소금을 뱃속까지 잔뜩 뿌려 넣고
푸른 비닐봉지에 넣어 내게 건네주었다

앞실의 마을회관

그때 지은 마을회관 낡아 있다
누렇게 칠한 벽면은 빛바래었고
지난해 피었다 진 국화 꽃대
아직 뜰에서 흔들린다
출입문은 삐걱대며 벌름하다
새마을 사업 때 물렁한 시멘트 발라 가며
통 블록 쌓아 올렸던 마을회관
삐―거리며 내일 부역 나오소 하던
나팔, 철탑 위에 녹슬어 있다
전곡풍농기前谷豊農旗 앞세우고 휘모리장단에
밤새워 골목 울렸던 풍물들
먼지 덮어쓴 채 구석에 있다
백열등 아래 통일벼 재배니
보리 배상이니 떠들던 저 연단 위
붉은 이장님 얼굴이 떠오른다
잔치 초상날 꿔 가던 스테인리스 식기들
서로의 품에 들어 궤짝 속에서
기다린다 둘둘 말려 박혀 있는 풍농기
언제 깃발 올릴지 아득하다

동신여인숙

불국사역 앞에는 폐가 된 여인숙이 있다
먼 길 갈 사람과 먼 길 찾아온 사람으로
발길 붐비던 동신여인숙
방문 위에 붙은 호실 번호는
낡은 명함처럼 닳아 빛바래었다
그 이름 부르며 찾을 사람 없는 듯
복사꽃 그림 액자도 유리 꺼풀 쓴 채 고개 숙였다
연탄불 갈아 주던 안주인 이제 없다
기적 울 때마다 대문간 기웃거렸을 손님
낯선 그를 맞아 불빛 너머 눈길 주던 주인도
옛사람이 되었다
따뜻하게 몸 데워 주던 장판지
다시 등 비빌 손님 오지 않는다는 걸 아는지
방구석 여기저기에서 몸을 말며 일어났다
토함산 넘어 감은사지 대왕암 바다 간다던
언제 이곳에 머물렀던 손님은
불국 정토로 먼저 갔을까
환하게 등 밝힌 이 목련은 알고 있을까
물오른 나뭇가지 틀어쥐고 담장 밖으로

모가지 뺀 개복숭 꽃망울 얼룩진
철 대문 붙들고 빨강 움 틔우는 담쟁이 손들
봄 때문만은 아니다

짝사랑

감나무 가지에 끼인 호박을 따 내렸다

두 팔 자국이 움푹 들어갔다

얼마나 품고 싶었을까

뒤집어 보니
배꼽을 깊숙이 감추고 있었다

마른 꼭지 틀어쥐고 누렇게 늙어 있었다

감나무 가지
아직 팔을 거두지 않고 있다

곰팡이

　장판을 뒤집어 본다 눅눅한 습기가 바닥을 점령하고
곰팡이가 그 위에 몸을 펴 얼룩진 향기를 피워 올리고
있었다 나는 아무것도 모르고 그들과 한방에서 동침했
다 장판을 사이에 두고 나는 위에서 그들은 아래에서 한
세월을 보내었다 낮과 밤이 달라질 것 없는 그들 아침에
일어나고 저녁이면 피곤한 몸 뉘어야 하는 번거로움이
없다 밝아 오는 것은 태양이지 그들과는 무관했다 밤낮
이 다른 것은 위쪽의 몫이고 아무렇게 살아도 그들 외에
는 보는 사람이 없었다 겨울철에는 보일러로 몸 데워 주
었고 여름에는 에어컨을 틀어 주었다 누굴 위한 냉난방
인지 묻는 사람은 없었다 신문지 뭉쳐 끼우고 산뜻한 바
람 불어넣었을 땐 이마까지 써늘했을 것이다 그들도 숨
겨둔 눈과 귀가 있었을 것이다 그러나 들어도 못 들은
척 보아도 못 본 척하면 되는 것이다 갓 데운 된장찌개
처럼 스물스물 올라오는 불안개가 그들의 식사였다 남
의 일처럼 항상 그렇게 생각 없이 살면 되는 것이다

　사람도 곰팡이 같은 삶이 있다

성동 새벽장

성동 새벽장 길바닥에 앉은 노파
들깻잎, 열무, 붉게 눈뜬 초피 열매 놓아 두고
쪼깃쪼깃 구겨진 지폐
푸석한 손 침 발라 가며 헤아리고 있다
숨통처럼 허리에 꿰찬 주머니
소매치기처럼 내가 그 안을 들여다본다

노파의 깊은 주름이 거기 들어 밭고랑처럼 일렁인다
마을 위로 새벽 이슬이 잠입할 때
거미처럼 혼자 봇짐을 꾸리고
어둑한 골목길 도둑고양이같이 돌아나왔을
노파의 굽은 등을 생각한다

형산강 장나들밭 올된 옥수수 꺾어 새벽에 삶아
셋 혹은 다섯 개씩 묶어
계집아이 머리 땋듯 땋아 고무다라이에 담고
토란 줄기 갓 따온 호박잎 포개 앉혀
아버지 여물 썰 때쯤 머리에 얹어서
첫 버스 타러 집을 나섰던 비녀머리 어머니도
저렇게 주머니 속을 들추었을 것이다

산사 山寺

가을 산사에 비 내린다
허물어진 돌담
붉은 산벚잎 보시인 양 머물러
배 젖혀 반짝인다

용마루에 뿌려진 가랑비
기왓장 보듬어
막새 끝에서 진다

게으른 공양이라도 하듯
죽담 위로 팥알 같은 빗방울
간간이 튀겨 올린다

산실 저만지 내려오는데
흙담 치던 인부 두엇 외마디 소리

돌아보니 젖은 모닥 불연기
슬그머니 큰톱을 들고
팽나무 가지를 치고 있다

청려장

1
지팡이 툇마루에 기대어 있다
어머니 마을 경로당으로 외출 가실 때
짚고 다니는 울퉁불퉁한 명아주 지팡이
있는 걸 보니
안방에 어머니 계시는가보다

지팡이 마루에 뉘어 있으면
오래도록 방에 계시는 것이다

귀신이 거들떠보지 않는 이 못생긴
도트라지* 짚고 다니면
중풍에 걸리지 않는다며 신경통에 좋다며
여름내 밭둑에 터 잡아 자랄 때부터
눈여겨 두었던 도트라지풀
매끄럽게 손질하여 장인어른이 선물한 지팡이
옛 임금께서 여든 살 노인에게
하사하셨다는 청려장靑藜杖이다

2
어머니 손때 절어 빛나는 지팡이
울룩불룩 불거진 수많은 눈 있어
블록 담 저 안 골목 돌아 나오신다

* 도트라지: 명아주의 경상도 사투리

개밥통

쭈그러진 개밥통에 파리 떼 윙윙거린다
까맣게 붙어 빨다가
개 주둥이 다가가자 왁자지껄 흩어진다

별로 나올 것 없다는 듯
제 속 비우고도 아무렇지 않은 듯
고개 끄덕이며 개 주둥이에 끌려가는
양철 개밥통

아직 먹을 것 있다는 듯
따라가며 모여드는 파리 떼
주둥이로 끌고 가서는
그릇 둘레 핥아 보는 개

달아났다가 모여들고
점령했다가 빼앗기는 파리들
이런 가운데서 이리저리 뜯기다가
결국 엎질러지는 빈 개밥통

이제 전쟁은 끝났는가
파리 떼 어디론가 날아가고
앞발 뻗은 채 물끄러미
먼 산 쳐다보는 개
눈알 속에 박힌 검은 산 그림자

가자미

처마 끝에 거꾸로 매달려 있던 가자미
프라이팬에 굽힌다

죽어서도 납작하게 엎드려 있다
잠잘 때나 깨어 있을 때도 누워 있었다
가슴지느러미와 꼬리
쉴 새 없이 물결을 움직였을 때도
뒤집기 위한 몸부림이었다

그의 눈은 한쪽으로 치우쳐 있다
한쪽만 바라보고 살라는 듯
한 곳만 보아도 세월이 짧다는 듯
자신의 흰 배
한 번도 쳐다보지 못했을 것이다

그는 높은 곳을 모른다
차가운 밑바닥에서 한평생 살았다
제 몸 위에 까불어대는 물고기 바라보며
가만히 몸 낮추었다 거품 물고

큰소리치는 파도마저 관심 없었고
저녁노을 붉은 옷자락 알지 못했다

배 쪽이 굽히고 이제 등 쪽이 굽힌다
뜨거운 기름에 뒤집히면서도
편안하게 바닥에 붙어 있다

여러 얼굴들 붙어 있었다

어머니는 헌 양말을 기웠다
알록달록 헝겊조각 모은 보자기 풀어
같은 색깔의 헝겊을 골랐다
찢어진 구멍 이쪽저쪽 대어 보며
모양과 크기 맞추어 헝겊의 얼굴을 도려내었다
대체로 사각으로 오려졌고
발가락과 뒤꿈치까지 갈아 끼웠다

서산방조제 물막이 공사처럼
헝겊조각이 양말 구멍 가로막고
어머니 가까스로 그 사이를 봉합했다
한 줌 물샐틈없이 막으려는 듯 안팎 뒤집으며
한 땀 한 땀 꿰매는 것이었다
나는 한 손 한 손 손놀림 바라보다
어머니 무릎 베고 잠들곤 했다
호롱불도 뾰족한 눈꼬리로 쳐다보는 것이었다

실밥 사이로 곧 피 흐르고 흙발에 때 묻으면서
양말의 한 몸으로 다시 살아났다

그 양말과 어느 옷자락들 닳아 버려질 때
또 만물상자 같은 보자기로 들어가고
내 발바닥에는 온갖 가족들 냄새 뒤집어쓴
여러 얼굴들 붙어 있었다

죽은 돼지는 왜 웃는가

뜨거운 물에 털을 깎는다
한 번도 몸 씻은 적 없는
눌러붙은 때도 함께 깎는다
죽어 비로소 털 깎고 몸을 씻는다

벼리어진 칼날이 누워 지나간 후
남은 털이 쇠막대처럼 박혔다
세상 물정 모르는 살결 백자白磁의 몸이다
사내는 갓 끄집어낸 항아리 살피듯
반항 없는 몸뚱이 돌아보며
몇 올 티를 줍는다

허공 움켜쥔 앞발 악수하듯 잡고
날랜 솜씨로 배를 가른다
아무거나 먹어치운 것
부장품들 정지 상태이고 다시 쓸 수 없다
간 큰 놈 죽을 때도 간 크게 죽었던가
참외 줄기처럼 달라붙어 나오는 내장들

절간의 목어처럼 허공이다
아, 빈 배같이
텅 빈 빈 배로 가는구나

바지랑대

물 뚝뚝 바닥 향해 떨어뜨리며 땅 파 올리는 일이 어디
쉬운 일인가 짐 진 몸일망정 가끔 설렘으로 곧게 뻗은
생각 굽힐 줄 모른다 한 발로 서 있어도 바람 부는 날이
좋다 외줄로 꿴 빨랫줄에 널린 날개 깃 하나 훅 빠져 달
아나 버리면 그날은 왠지 허전한 날이다

사람들은 볕 좋은 날 흰 깃과 붉은 깃 양말까지도 촘촘
히 매단다 아무렇게 몰려오는 돌개바람 힘들지만 꼭대
기를 높이 쳐들어 날아가는 것이다 어쩌다 손깍지 비스
듬 놓아 버리면 땅바닥으로 내동이쳐질지 모른다 그래
서 감나무는 앞마당을 넓게 비워 두는 것

바람 부는 날 꼿꼿이 버티며 바둥바둥 살아가는 것이다

그물

비린내로 젖은 한 어부
그물 손질한다
일광에 말라죽은 수초 뜯어낸다
어떤 고기 대가리 박혔을 때
출렁거렸던 그물
멀리 수평선으로 달아나는 몸짓
가로막던 그물

흔들리는 바닷물에 반사되는 햇살
물양장 따라 어른대며
그물처럼 어부의 몸을 덮는다
그 그물 지우기라도 하듯
가끔 고개 들어 수평선 바라본다

팔락팔락 해풍에 씻기는
목선에 기댄 깃발들 소리
진혼가처럼 포구를 안고
저 검은 바다로 사라진다

야생 동물 먹이 주기

소나무와 바위, 마른 풀들 눈 속에서도 숨 쉬고 있었다
수북하게 눈 받느라 그들 집도 폭설에 묻혔다
돌 틈 빠져나온 메꽃 머리처럼 두리번거리며
먹이를 찾던 야생 동물들

누이의 하얀 목도리 펼친 듯 눈 덮인 보도
죽순 같은 빌딩 숲 지나면 공원 급식소가 나온다

밭둑의 수숫대처럼 줄지어 선 사람들
먹이대 위의 감자 조각 하나 낚아채 얼른 돌아앉는 다
람쥐같이
저쪽으로 나앉아서는 밥그릇을 비웠을 것이다
어느 날 밤 사내는
괜히 홀로 공원에서 사육되고 있다고 생각했을 것이다

하고픈 말 짓누르기라도 하듯 새 울음처럼 콜록콜록
짖어대던 그 목 올무가 채워진 걸 모른 채
유해 조수인 양 고개 숙이고 횡단보도를 건너갔을
다시 검은 두레박같이 지하도로 가라앉았을 그의 등이

자작나무처럼 말라 있었다

문수산 주실령
몇 마리 산 꿩이 눈발 속으로 풀려나가는데
가문비나무가 척 한 짐 지붕 위의 눈을 털어내고 일어
섰다
한때 물어뜯는 수장獸葬처럼 웅성거렸던 조수들
언제까지 그들에게 먹이를 던져 줄 것인가

강동농기계공업사

입이 건 중년의 과부처럼 바퀴가 투덜거린다
늙은 소머리 같은 경운기 대가리
거적 위에 부려 놓는 농기계 수리공 이마가 기름 걸레
처럼 검다
목 없이 거꾸로 박혀서도 두 다리 턱 벌리고 허공의 하
늘을 괸다
떨어져 나가 저쪽에 비스듬히 누운 빈 짐칸
한낮의 뻐꾸기 졸음마냥 한가롭다
나사 풀어 두개골 열고 드라이버로 그 가운데를 찔러
보는데
오래 묵힌 종가宗家의 간장 같은 검은 피 햇살 아래로
기어나온다
반짝하며 꿈틀거리는 부품들
맑은 피마저도 힘이 들면 검어지는 것일까
녹슬어 부서지며 닳은 것이 영락없는 주인의 이빨 같다
나는 무논을 갈고 별빛 외진 농로 통통 울리며
노부부를 태운 오일장
한 자락도 같은 모양새 없는 다랑논 같은 삶
실어 나르던 어느 날을 떠올린다

바퀴 풀고 그 어깨 관절에다 뻑뻑한 쌀 엿 같은 기름을
먹인다
막걸리로 거나하게 배를 채우듯 오일 한 통 엔진에 집
어넣는다
나른하게 나뒹굴어 진 바퀴가 둥근 봄날을 감아 올린다
아까부터 자리를 뜨지 않는 쭈그렁 노인
산마루가 진달래꽃 무더기를 당겨 안듯
다시 경운기를 몰아 탈탈 언덕길 넘어간다

시한폭탄

집집마다 놓인 저 음식물 배출 용기
시한폭탄이다
롬멜의 가죽 코트처럼 검은 고무 옷을 껴입고
그들이 온다 수거통 덜거덕 밀며 안전핀 뽑으며
포탄의 뚜껑을 연다

엎치락뒤치락 참호 속으로 뛰어드는
음식물 찌꺼기들
그 발자국 뒤로 피투성이로 뒹굴어지는 탄피들

북아프리카 사막여우처럼 도둑고양이 기웃거린다
간선도로에는 기갑부대 전차
어둑한 거리를 질주한다

길 따라 도열한 가등
골목 밖으로 불빛을 밀어내면
병사들 담 모퉁이 지형지물 끝으로 사라진다

새벽 시가전 끝난 골목은 적막하다

골목길 사람들
아무 일 없다는 듯 탄피를 거두어들이고
세상은 평화를 누린다

바코드 귀표

이름 없는 소가 이름을 얻었다
몸집이 큰 누런 암소
커다란 귀가 움직거릴 때마다 귀를 따라가는 귀표
살아온 내력을 달고 있다

흘레 짓 없이 만든 송아지 몇 브루셀라 아까바네 예방
접종일 심지어 레즈비언처럼 몸 비비다가 몰래 우리를
뛰쳐나간 적 있다고 상벌 적힌 학적부 같은

포터 위에서 노름꾼처럼 비틀거리며 팔려 갈 때
처음이자 마지막 길 도축장으로 끌려갈 때
육질이 연하다고 우려낸 국물이 구수하다고 말할 때
산새가 두툼하게 새겨 둔 비석을 읽지 않고 비켜날 듯
누가 그 이름 불러줄 것인가

나도 언젠가 이마에 혹은 손등에 kor 00 2 053271188
신의 도안 같은 막대기 새겨 어느 오후의 광야 또는 바
닷가 외딴 검문소 지날 때 점괘 같은 바코드에 식별 기
계를 들이대 계산대에서 삐이 삐 물건값 치르듯 깔깔 쇠

의 문자로 찍어 내 영혼의 값도 빠져나올지 모른다

　언덕 위에 선 미루나무 수많은 귀표를 달고
　소의 검은 렌즈 속으로 들어가 몸을 세운다
　무성 영화처럼 하루에도 몇 컷씩 사진을 박아대는
　소의 눈,
　내게로 온다 나는 소의 눈 속에 클로즈업된다
　내가 그 속에 박혀든다

소나무가 이사 온 후

새로 지은 아파트 입구에 소나무 심어져 있다
다닥다닥 비좁게 붙은 가지 비틀린 가지들
베어낸 자국이 동그랗다

가재도구와 딸린 가족들 싣고 들어왔던 대근이 아버지
처럼
커다란 흙덩이 둘러메고 이사 온 후
힘겨운 살림살이를 알았다

참깨 모종 세울 때 약한 놈을 사정없이 뽑아내던 누이
같이
소나무가 제 가지를 쳐내렸다

새벽길 저만치 따라붙는 어린 자식을
족제비싸리 회초리로 돌려세우던 품팔이 병희 어머니
처럼
아픈 제 새끼를 떼어놓았다

떼어놓은 흔적이 보채어 빨던 젖같이 빠져나왔다

모돈 母豚

돼지 새끼들 젖을 빨고 있다
동그란 놈들이 둥그런 물통에서
물을 뽑아내고 있다
팔 뻗으며 깊게 고인 우물의 물 길어 올리고 있다

빨아내는데 전력을 다하고 있다

허연 사막을 드러내고 있는 어미,
모두 퍼가라는 듯 지평선처럼 기울어 있다

가운데 우물이 깊은 듯 저희끼리 올라앉으며
사하라 여인처럼
두레박을 들이대고 있다 쿡쿡
가슴 쥐어박으며 밑바닥 퍼올리고 있다

벌겋게 달아오른 사막의 일점 一點

집게차

마지막에 가서도 저렇게 매달려 가는 걸까
혼령은 어디 두고 몸만 집게를 잡고
뒤죽박죽 섞이어 가는 걸까
폐비닐 옷가지 스티로폼 나무토막 소파
금방 죽은 자와 이미 죽어 떠돌던 것들
검은 리본 꽂고 배웅하는 자 아무도 없다
그때 거두었던 사람들 돌아가고
마을 사람 몇 둘러서서 마지막
상여를 지켜보고 있다
울긋불긋 아무렇게 올라탄 저것들
어디서 등 떠밀려 왔는지 알 수 없으나
한때 머물렀던 그 자리에서
다만 죽어 떠나가는 길, 집게에 찍히어
다시 으스러지고 또 얼마나 파괴되어
다른 모습으로 사라지겠는가
아, 외톨이로 땅바닥 서성이는
이 녹슨 동전 한 닢의 정처는

3부

독거 노인 김장수 씨

1

문풍지 떼지 않은 방문이 열리자 새의 가슴 털 같은 부스러기가 훅 날아올랐다

슬레이트 지붕 방구석에 돌부리같이 붙박아 있다가 천천히 팔 뻗으며 일어났다 가끔 이웃집 박 노인이 동고비처럼 경로당에서 물어 온 소식을 눅은 둥지에 던져 넣었다 그는 한때 이름난 읍내 장터 씨름꾼 비학산 전투에서 생긴 상처가 모래판에서 드러나곤 하던 가슴이며 등은 껍데기 둘러쓴 달팽이 같았다 서둘러 집 나간 여자 시든 배춧잎같이 방문 앞에 날아든 채무 고지들이 연락을 대신하던 아들들 저세상으로 갈 때마다 하나씩 등뼈가 추락했던가 다단계 장사를 할 즈음 두고 간 매트가 거북등처럼 붙어 그는 부려 놓을 수 없는 집 한 채 끌고 있었다

2

몇 날이 지난 후 쇠비름 뽈뽈 도는 마당 초롱 같은 오동 꽃잎 받쳐 든 장독 사이 해묵은 거미줄이 하루살이를 꿰차고 있었다 몇 번이고 빗물 받아 공중의 먼지를 버무

렸는지 쭈그러진 스테인리스 식기가 뒹군다 마른 대궁
을 탯줄처럼 비벼 꽂은 양파 목줄 꼬부라진 호미가 갓기
둥에 걸렸다 부엌방엔 무딘 칼날이 굴러간 절름발이 농
짝, 모래알 같은 세월이 뿌린 듯 지지 송충이무늬를 찍
어대는 티브이 낯선 방문객 소리에 이내 깜깜해진다 다
리 오그린 채 저세상으로 간 건 순전히 자식놈 탓인가
얼굴은 해동解冬 광보리골처럼 환하다

  툭 불거진 바람이 뒤꼍 봉창을 밀어 온다

간고등어

무지개색 가슴, 배 옆 한 줄 금줄을 띤
비닐포장 속에 눌려진 간고등어

바닷가 영덕에서
소달구지 해뜰 무렵 걷기 시작하면
저녁때 챗거리 장터에 도착한다
여길 지나면 깊은 바다의 몸짓을 잊기 시작한다

긴 세월 푸른 비린내를 안고 있다
황장재 어화 넘고 굽이굽이 얼씨구나
청송 지나 임동으로
해와 둥둥 맞장구치며 백오십 리 안동 가는 길

챗거리 개울가
패랭이 쓴 간잽이 제 등짝처럼 하얀 소금을 친다
키가 한 자 되는 단단한 놈
껍질이 반질거리는 놈
새색시 입술처럼 아가미가 붉고 눈알이 투명한 놈
안동에 도착할 때쯤 뼛속까지

짭조름하게 맛이 밴다

소금에 절인 생선을 먹는다 안동 사람들,
바다가 가까운 챗거리로
우우 소발 마중 나간다

두엄 내는 일

두엄 퍼내다 지렁이 집을 본다

땅바닥 흙과 버무려 모은 반지하 오롯한 집 한 채다

꾸물거리는 가족이 환히 보인다

붉은 감 하나 쌀 한 톨
그 소우주小宇宙를 만들어 주고 담 밑에 쌓인 껍질
낙엽, 지푸라기, 왕겨 부스러기들

사그라지면서도 제 몸 덮어 그들 집이 되어 주는구나

여태까지 집 짓는 목재와 벽돌 거푸집
소쿠리로 끙끙 옮겨 주는 것이었구나 나는

감나무 밑 둘레에 구덩이 파고
순직자의 주검을 고이 파묻는 것이다

어느 상석 앞을 지나며

검은 이끼 벗하며 무덤 지켜 온 지 오래다 풍상 견뎌
오느라 꺼풀이 벗겨졌다 아무도 지나는 이 없는데 흰 망
초 스치는 바람만 봉분을 훑고 간다 누가 이 무덤 주인
을 물으면 처사경주김공휘성헌지묘處士慶州金公諱成憲之墓하고
상석이 이마에 새겨진 대로 대답하리라 오죽 바쁘면 이
상석이 망자를 보살폈겠느냐 새끼줄에 꽂은 배춧잎 같
은 혹 능구렁이 껍질 같은 지폐 상여꾼들이 챙겨 가고
패철 가리키는 축좌로 엉금 멋모르게 들어섰던 상석 자
손들 언제 와서 무덤 깎고 마른 잔디에 술 뿌리고 세상
사 같은 동그란 사과 껍질 몇 던져둔 채 돌아갈 것인가
이 상석에게 고맙다고 주과포 올려 절할 것인가

써레질

질퍽한 논, 물 가두고 못자리 무논 써레질한다
경운기 지날 적마다 황토빛으로 비벼지는 논물
좌우로 비켜서면서 진주 꾸러미 같은
물방울 만든다 흰 비닐 앞치마에 누런 장화
허벅지까지 끌어올린 농부 그 뒤를 치고 따른다
아직 살아 있는 물방울들 긴 꼬리 내며
농부 뒤에서 동그랗게 사라진다
반듯한 수면 위에 반사되는 햇살
피하려는 듯 눈 지그시 감았으나 그 눈
모자챙 그늘에서 빛난다 물레방아처럼 도는
경운기 철바퀴에 곡예사같이 달라붙었다가 곤두박질
흙탕물 속으로 떨어지는 진흙
혓바닥 같은 장화 밑바닥이 깊숙이 논바닥 핥고 올라
오더니
한 발 앞에서 다시 박혀 든다
사계절 한번 그들 세상이 온 듯 마구 설치며
새로 뽑아낸 베틀 북 같은 발자국 속으로
깔깔거리며 파고드는 흙탕물들
빙빙 그들 달래며 논바닥 돌아 나오는 농부 이마에

벼알 같은 땀방울 흐르는데 앞산이
진달래꽃물 들이고 논바닥으로 슬몃 들어선다

광야를 달리기 시작했다

나는 파리채 들고 그의 뒤를 따랐다 그는 거실을 거닐다가 과일 접시 위로 바람처럼 올라서더니 곧 내려와서 편편한 광야를 달리기 시작했다 수많은 바퀴와 넙죽한 몸 때문에 좀처럼 넘어지는 법은 없었다 나는 기필코 놓칠 수 없다는 생각으로 지금 위치보다 더 위의 공중으로 돈키호테의 칼처럼, 그를 잡을 수 있는 충분한 너비의 파리채 높이 들고 그가 달리는 속도를 감안 몇 미터 앞을 겨냥하여 탁 내리쳤다 탁 탁 더 앞쪽으로 내리쳤으나 그는 뒤돌아보지 않았고 전속력으로 벽을 향해 달렸다 자세히 보니 놀란 기색은 없었고 심장박동은 정상으로 돌아가고 있었다 나는 조종사로서 기본 수칙과 손자병법의 첫 구절도 잊은 채 적을 과소평가하였으며 기업의 경제 원리도 모른 채 과다한 소모전으로 그만 패하고 말았다 힘 믿고 아무렇게나 탁탁 포탄을 터뜨렸던 것이다 광야는 겉으로 평온했으며 포탄은 번번이 빗나 갔다 그는 안전하게 아지트로 숨어들었고 아, 나는 닭 쫓다가 지붕 쳐다보는 개 꼴이 아니라 쥐 쫓다가 담 구멍 들여다보는 고양이 꼴이 되어 한참을 서성거렸다 그런대로 치밀하게 계획된 내 파리채 작전이 지형지물 없는 이 광

야에서 완패로 끝나다니, 신무기는 아니지만 그래도 이
포탄을 피하는 솜씨라면 저 안의 집은 얼마나 철옹성이
겠는가

자손 子孫

　스무 평 남짓한 텃밭에서 어머니 엉덩이 땅에 붙이고
무슨 씨를 놓는다
　빈 텃밭 자리만 나오면 씨앗 봉지를 꺼내
　제대로 가꾸지도 못하면서
　눈먼 두더지처럼 골 긋고 씨앗을 넣는다

　맛있게 드시지도 못할 거 뭘 또 뿌립니까?
　야야, 이리 노는 땅에 뭐라도 뿌려야지
　땅도 놀면 게을러져 아무거나 키운단다

　상추 추려낸 골에 열무
　고추모 먼저 간 자리엔 배추씨
　텃밭 둘레에다 또 들깨모종 짝지어 심는다

　어머니, 자꾸 심으면 덤불 깊어 모기 끓고 뙤약볕에
누가 맵니까?
　시장 가서 한 단 사오면 됩니다
　약 뿌려야지요 일손 많고 품 안 나옵니다

씨라는 거 자꾸 돌려야제
오래 잠자면 싹이 가, 대 끊기면 안 되지
애야 다음에 내려올 땐 만종원에 들러 쑥갓씨 좀 사라
쥐새끼가 내 새끼들 모두 까 죽였네

쪽파 씨알 마루에 널고 매마리 꼬투리째 털어 대야 속
에 말리고 있다
씨받이 상추 대궁이 하늘로 검푸른 탑을 쌓는데
두 벌치기 무꽃 또 핀다

어도魚道

물에도 길이 있다는 걸 하천에 와서 안다
좁은 길과 넓은 길 비탈길이 있다
미끈한 물풀 꽃이 피고 돌멩이가 구른다
은빛 물고기가 제트기처럼
흰 배를 뒤집으며 하늘로 솟구쳐 오른다
물을 박차고 옹벽을 넘는다
이 가파른 길 넘어야 몽돌에 몸을 비빌 수 있다
물결 같은 나무 속을 꿰뚫어 가는 활비비처럼
물속을 뚫으며 알 슬 자리를 찾는 은어 떼
왜 필사적 항거일까
길을 벗어난 물고기들 마른 바닥에 파닥인다
이 길을 가로막은 사람들
발을 헛디디게 한 사람들
물만 쉽게 빠져나가는 초망을 메고
해 지는 물가에 아직 말뚝처럼 서 있다

명태 대가리 맛있다

마른 웅덩이 같은 눈알을 파고 흡사 농사꾼 바소쿠리
같은 아가리 찢어발긴다 얼마나 많은 생체가 이 아가리
로 통과하였을까 까칠한 톱날이 있다

둘러쓴 가죽은 오래 끈 신발처럼 허름하다 정수리에서
인중으로 흐르는 뼈 어그러뜨리니 쟁기, 노 같은 물렁뼈
들 나온다 거기에도 논과 바다가 있었나

바다를 씹고 또 내뱉었던 아가미 어머니의 주홍색 참
빗이다 구레나룻 같은 가슴지느러미가 그 흔적만으로
꺼불꺼불한다

어머니의 이불솜 조각처럼 집어넣은 뼈 사이의 살 내
밥술에 잃어 주던 그 도톰한 고깃덩어리다 기차 불통 같
은 대가리뿐이지만 그러나 우두머리라서 볼기에도 맛있
는 살이 들었다

고무신

아버지의 고무신 마루에 놓여 있다
돌아가신 후 십 년째
마음 떠나 삭아 내리는 무덤처럼
밑창이 내려앉고 있다
버짐 같은 얼룩 지우고 흰빛만 남아
생전의 슬픔처럼 실금이 타들어 가고 있다
코와 뒤꿈치 당겨 올라가 초승달 같다

어머니 가는귀먹은 소리
마당의 낯익은 바람과 햇볕
퍼담았을 고무신

무릎뱅이들* 논둑에 핀 여뀌 꽃처럼
종일 논 매는 주인 기다리다
해거름께 붉은 산빛으로 돌아왔을 고무신

겨울 쇠죽 솥 뒷물에 불어내
낫으로 굳은살 도려내고
낀 때 돌로 긁어내던 갈라 터진 발

몸속 깊게 품어 주던 고무신

이제 초승달 신고 먼 길 가시도록 거두어야겠다

*경주시 강동면 호명리의 들 이름

삼촌의 제삿날

6 · 25가 터진 그해 가을
신작로 다리 위에서 낯선 트럭을 타고
어디론가 떠나간 후 돌아오지 않았다

낮은 슬레이트집 알루미늄 새시로 개조한 마루
어두운 창 밖에는 비가 내린다
젖은 불빛 속으로
친척들 하나둘 불나방처럼 찾아든다

안방에는 아지매 누님 형수들
피난 갔던 옛 얘기 한다
그 윗벽엔 흑백과 천연색 사진들 섞이어 붙었다
유복자 아들, 이제 손자 손녀 사진들
숙모께선 한 장도 남기지 않은 남편 얼굴을 대신하듯
남편이 와서 보란 듯
붙이고는 그냥 두었을 것이다

간간이 도마질 소리 밥 끓는 소리
끊어졌다 이어지는 안방 소리

형광등 밖에서 끙끙대며
창 안을 들여다보는 납작한 강아지의 발

제삿날 모르는 제삿날 삼촌 제삿날
종형제 셋, 처연한 시간이다

밀알의 마술

여문 밀 부수어 가루로 만들더니
이제 부서진 가루를 이겨
다시 덩어리로 만든다
밀고 당기며 단단하게 뭉친다

두레 멍석처럼 납작하게 폈다가
치마 접듯 또 포개 접는다
칼로 썬다

가느다란 밀가루의 연결
뜨거운 가마솥에 집어넣는다
오롯이 순종하며 풀어지는 듯
쫄깃하게 다져지는 듯

구수하게 다시 건져 올려진
대접 속의 구겨진 밀가루
젓가락 위에서 갈기갈기 늘어뜨려진
저 밀가루 가닥
칼국수

검붉은 밀알의 마술인가
후루루 입안으로 빨려 들어가는
밀알의 긴 꼬리

괭이밥풀 뽑으며

마당의 보도블록 사이를 헤집고 올라온 풀꽃 하나
자신도 살자며 고개 내밀어

비좁은 땅을 할애하여 노란 꽃을 피우고 있다
안으로 몸을 말아 들여놓은 듯
줄기랄 것도 없는 가는 선 위에 잎을 달고

꼬챙이로 파서 모가지를 잡고 당겨 올리는데
좀체 놓아 주지 않는다 끝내
몸을 툭 잘라 주고는 뿌리를 남겨 두는 것이다 그리고는
먼저 익은 씨앗을 자신의 그늘 속으로
던지고 가는 것이다

아, 생각 없는 놈은 하나도 없구나
나는 여태 이 생을 너무 가볍게 생각했던 것이다

소똥 두엄이

가는 보리등겨에 물을 붓고 되직하게 반죽했다 가루는
물에 엉겨 어머니 손때에 납작하고 둥근 개떡 같은 얼굴
을 얻었다

뭉근한 왕겨 불에 구웠다 어혈에 쓸 똥을 굽듯 서서
히, 흰 연기가 마당을 끌고 하늘로 감겨 올랐다 검고 누
렇게 익은 보릿겨 덩어리 어머니의 부지깽이에 채여 나
올 때까지

풍경처럼 처마에 매달려 여름내 꿈꾼 덩어리 빻아 무
시래기와 푸른 고추, 다시마 버무려 독 안에 넣고 뚜껑
과 독 사이에는 이긴 진흙으로 어르며 봉했다 무슨 부장
품을 오래 간직하려는 듯

김 피어오르는 두엄 무더기 헤집고 독을 묻었다 밤은
무서리로 차고 낮은 햇살로 따가운데 그 속 안방 구들처
럼 뜨끈했다 소 두엄, 제 몸 썩으면서 그 혼들 불어넣는
사이 독은 어둠과 고요로 그의 속을 삭혔다 퇴비 냄새
뒤집어쓴 아, 풋풋한 시금장 태어나는 것이었다 뻘 물이
연꽃을 피워내듯 소똥 두엄이

발가락

입석 버스 타고 앉아
서 있는 사람들 발가락 본다
슬리퍼 끈 앞으로 횡대로 줄선 발가락

통통하고 꼬물거리는 굼벵이 같은 발가락
누에고치 같은 발가락
땅콩 같은 발가락
붉은 챙 모자를 쓴 발가락
다섯 마리 한꺼번에 달려드는
불도그 대가리 같은 발가락

머리에서 가장 멀리 떨어진
밑바닥 선두에서
돌부리에 차이며 피동적 혹은 저돌적으로
겁 없이 튀어나오는
떠밀려 일단 나오고 보는

어머니 속을 빠져나올 때 맨 나중에 나오는
짝 안 맞고 각자 크기가 다른

구린내와 무좀만 만드는
양말만 닳아지게 하는

발가락에 맞는 신발도 가지각색이다
딱딱한, 말랑한, 혹은 폭신한
각자의 집
구두니, 운동화니, 슬리퍼니!

오수 뚜껑

오수 뚜껑이 녹슬어 있다
쇠 꺼풀이 비늘처럼 벗겨지고
쥐새끼와 비린내를 키우며 안을 눌러 막고 있다
어둠을 틀어막고 있다
맨홀 속으로 꾸역꾸역 밀려드는 오물들
놓아 줄 때와 가둘 때를 안다
이 길 지나지 않으면 어디로 빠져나갈 수 없다
어느 간이역처럼 잠시 멈추었다가 흘러가는 것
내리는 것보다 자꾸 올라타는 것이다
활어 실은 트럭이 깔아뭉개어도 그냥 엎드린 채
바퀴 자국만 남겼다 지운다 일꾼들
붉은 삼각뿔 둘러치고 양쪽 귀 잡아당기며
지하의 뚜껑 열 때도 중심을 잡고 비켜앉는다
그러나 한 번 열릴 때 속을 비우고
되도록 급히 그 지상 지하의 경계를 닫는다
열려 있을 때가 괜히 쓸쓸한 뚜껑
캄캄한 손님을 위해
다시 바닥에 틀어박혀 둥글게 웃는다

정미기가 놓인 창고

등겨 덮어쓰고 무거운 속 비운 채 구석에 있었다
쌀겨 속에 평생 파묻혀 사는 쥐며느리 바구미
흰 깔때기처럼 줄 친 거미가 있었다
쥐가 벼를 까먹은 증거
벼 포대 밑 여러 쥐똥이 말하고
손길 먼 정미기 뒤쪽에도 쌀 나방 살고 있었다

벼 낱알이 원통을 싫어 찧어져 나오면서
쌀과 부스러기 만들고
쓸데없는 껍데기들 나룻배처럼 반쪽이 되어
정미기 옆구리로 빠져나왔다
이탈한 씨눈은 채 사이로 몸을 톡톡 재고
까끄라기와 먼지 숙복처럼 친정으로 날아올랐다

오랜만에 어둠들이 온통 붐볐다
제 무게만큼 흔들리는 창고와 정미기의 둔탁한 울림
모두가 먹고사는 일이었다

투명한 꽃잎

마당에 비 들어오는 거 본다
가만히 보면 무작위 떨어지는 게 아니라
고추모 심듯 일정한 간격으로 표면을 덮는다는 것
앞서 내려 꽃처럼 앉은 자리는 제쳐 두고
다른 곳에 내린다는 걸
뒤따라 들어서는 비도 또 다른 빈자리에
판화처럼 박힌다는 걸 안다
먼저 도착한 비 오래 머물지 못하고 이내 죽어 버리면
그제서야 그 뒷자리에 다시 들어앉는다
십자수 놓듯 앞에 박은 자리를 피해
차츰 수틀 전체를 덮는다는 사실
자세히 보면 타닥타닥
비가 지상의 바닥에 여러 겹으로 꽃을 피운다는 것
그 투명한 꽃잎들이 바닥에 흥건하다는 사실

가을 밭과 비닐끈

비닐끈이 제 몸뚱이 끌고 간다
물푸레나무 작대기 거쳐 산기슭 과수원까지
밭둑에 선 노인의 손아귀에서 풀려 간다
노인 얼굴이 끌려간다
납작하게 도투마리로 눌려 있었던 지난날들
풀잎처럼 얇아 질경이 같은 삶
돌아오지 않을 강아지처럼 달아난다
풀어지는 마음이 쓸쓸하다
기고만장 바람을 도리질하며 공중에 난다
오후 깊은 생각에 몰입한 산
통째로 가두려는 듯 허공에 번쩍 날을 세운다
노인의 발 거두어 가고 없다
가을 햇볕은 걸려 곤두박질 땅거죽으로 뚝뚝
얼룩져 내려앉는데
허수아비 양팔을 벌리고
바람 불어오는 쪽으로 돌아선다 들꽃처럼
경계를 모르는 새들 걸려들지 않는다
콩꼬투리가 타닥타닥 몸 불려 끈을 늘려 잡는다

사라지는 것들을 위하여

손 진 은(시인 · 경주대 교수)

이여명은 경상북도 경주 인근의 한 작은 마을 출신이
다. 그는 그곳 주변에서 공무원 생활을 하면서 육십 평
생을 보냈다. 그의 시들은 그가 나고 자라온 그곳 사람
들의, 이제는 잊혀지고 사라져가는 삶을 묘사하는 데 바
쳐져 있다. 그 세목들은 다 늙어 쪼그라져 가는 사람들,
그곳의 논밭, 시장 좌판 풍경, 가축들과 동식물과 어류,
낡아가는 농기구 등이다. 그는 그곳에 사는 평범한 사람
들 중의 한 사람으로 살았고 그 사람의 시각으로 이제
사라져가는 풍경을 시로 만들어내고 있다. 그는 그의 눈
에 비친 삶의 세목과 풍경에는 그곳 사람들의 숨결이 있
다. 그가 묘사하고 노래하는 사람은 사물 근처 어디에서
따로 존재하지 않는다. 그 반대 역시 성립된다. 사물 역
시 사람과 분리되지 않고 빛과 그림자처럼 스며 있다.
모든 풍경과 사물에 스며 있는 사람의 흔적, 모든 사람
에 내재된 사물의 흔적, 그것이 시인의 묘사 방식이다.
예컨대 "정형외과 대기실 의자에/ 한 노인 진료 기다리

며 앉아있었다/ 바짝 마른 체구가 잡아먹히는 날만 기다
리는/ 교미 끝낸 수사마귀 같았다"(『수사마귀』)가 후자의
예라면, "입이 건 중년의 과부처럼 바퀴가 투덜거린다"
(『강동농기계공업사』)가 전자의 예다. 그의 모든 시들은 이
두 경우에 해당한다. 아니 그런 구분은 애초부터 불필요
할지도 모른다. 먼저 「강동농기계공업사」라는 작품을 보
자. 필자는 이 시가 이번 시집의 세계를 대변하는 열쇠
가 되는 작품이라고 본다.

　　입이 건 중년의 과부처럼 바퀴가 투덜거린다
　　늙은 소머리 같은 경운기 대가리
　　거적 위에 부려 놓는 농기계 수리공 이마가 기름 걸레처
럼 검다
　　목 없이 거꾸로 박혀서도 두 다리 턱 벌리고 허공의 하
늘을 괸다
　　떨어져 나가 저쪽에 비스듬 누운 빈 짐칸
　　한낮의 뻐꾸기 졸음마냥 한가롭다
　　나사 풀어 두개골 열고 드라이버로 그 가운데를 찔러 보
는네
　　오래 묵힌 종가宗家의 간장 같은 검은 피 햇살 아래로 기
어나온다
　　반짝하며 꿈틀거리는 부품들
　　맑은 피마저도 힘이 들면 검어지는 것일까
　　녹슬어 부서지며 닳은 것이 영락없는 주인의 이빨 같다
　　나는 무논을 갈고 별빛 외진 농로 통통 울리며

노부부를 태운 오일장

한 자락도 같은 모양새 없는 다랑논 같은 삶

실어 나르던 어느 날을 떠올린다

바퀴 풀고 그 어깨 관절에다 뻑뻑한 쌀 엿 같은 기름을
먹인다

막걸리로 거나하게 배를 채우듯 오일 한 통 엔진에 집어
넣는다

나른하게 나뒹굴어 진 바퀴가 둥근 봄날을 감아 올린다

아까부터 자리를 뜨지 않는 쭈그렁 노인

산마루가 진달래꽃 무더기를 당겨 안듯

다시 경운기를 몰아 탈탈 언덕길 넘어간다
-「강동농기계공업사」 전문

이 시에서 고장 난 경운기와 시골 사람, 풍물과의 대
비는 절묘하다. 시인은 농촌 어느 곳에 있을 법한 흔한
풍경을 비범한 모습으로 재현해내고 있는 것이다. 구체
적으로 '강동농기계공업사'라는 이름의 상호를 내보이고
경운기를 농촌 사람과 공동체적 기물로 풀어낸다. 경운
기는 개인사와 겹쳐지지만 보다 큰 의미로는 농촌공동
체와 연결되어 있다. 그것은 이 시의 유비類比를 보면 확
인된다. 우선 덜덜거리는 바퀴는 "입이 건 중년의 과부"
로, 짐칸의 한가로움은 "한낮의 뻐꾸기 졸음"으로, 경운
기 몸체 부분의 오일은 "오래 묵힌 종가宗家의 간장"으로,
닳은 부품들은 "영락없는 주인의 이빨"로, 기름은 "쌀
엿"으로 비유된다. 더욱이 "경운기를 몰아 탈탈 언덕길

102

넘어"가는 모습은 "산마루가 진달래꽃 무더기를 당겨 안
듯"하다고 맞춤하게 마무리를 하고 있다. 특별할 것 없
는 기물의 의미가 농촌공동체 곳곳의, 지금은 사라져가
고 있지만, 가장 친숙한 인물과 풍경으로 비유되고 있는
것이다. 무엇보다도 이제 수명을 다해가는 경운기의 모
습과 주인 노부부의 "한 자락도 같은 모양새 없는 다랑
논 같은 삶"의 과정이 시인의 녹록치 않은 묘사 솜씨와
시를 만들어내는 직조능력에 의하여 때로는 우리의 웃
음을 자아냈다가 때로는 인간미 넘치는 감동의 뭉클함
으로 핍진하게 다가오고 있는 것이다. 노인이 늘 타고
다니던 오래된 경운기처럼 노인도 이제 수명을 다해간
다. 낡아가거나 사라져가는 것을 보는 시인의 눈길은 비
단 경운기같이 덩치 큰 것에만 머물지 않는다. 눈을 크
게 뜨지 않으면 보이지도 않을 세세한 것들에게도 동일
하게 적용된다.

신문용지로 싸맨 상추, 고추씨
헝겊에 동여맨 열무, 배추씨
그냥 발가벗은 채 굴러다니는 옥수수
말라 비틀어져 미라가 된 가지 몸통
검은 망사에 담긴 콩

계절 따라 파종 되기를
애타게 기다리던 씨앗들
환한 세상 빛이 투시되는 순간

감았던 눈 놀라 크게 뜨고
보자기 속 들여다보는 내 얼굴로
와락 달려든다

일제히 노란 입 벌리고
모가지를 뺀 새끼 새여!

나는 생명의 보자기를 들고 떨고 있다
이 씨앗의 어미 새!
— 「씨앗 보자기를 풀며」 부분

　시인은 "먼지가 쌓인/ 해묵은 검은 씨앗의 보자기를 푼다." 그것은 "말라 비틀어져 미라가 된" 외형을 갖고 있다. 그러나 그것이 죽어가고 있다고 생각하면 큰 오산이다. 가장 작은 크기로 어둠 속에서 잠들어 있지만, "환한 세상 빛이 투시되는 순간/ 감았던 눈 놀라 크게 뜨고/ 보자기 속 들여다보는 내 얼굴로/ 와락 달려"든다. "일제히 노란 입 벌리고/ 모가지를 뺀 새끼 새!"로 승화된다. 그 작은 것들은 더욱 나보고 "씨앗의 어미 새!"라고 지금껏 그 의미를 발견하지 못하고 살아온 중년의 사내를 맑고도 환하게 들어올려주는 것이다. 씨앗과 그것을 펼쳐본 나를 새끼 새와 어미 새로 둔갑시킨 비유는 새롭고도 놀랍다. 그러니 시인은 "생명의 보자기를 들고 떨고 있"을 수밖에 없다. 시인에게 농촌공동체가 간직한 작고도 볼품없는, 쭈그러든 각각의 사물들은 우중충하게 살아온 나를 환하게 하는 생명의 결정체이고 정수인 것이다. 시인은 이렇듯 작고도 하찮은 것들이 품어온 깊은 속뜻을 친근하고도 진솔하게 탐사하는 눈길을 가졌다. 이런 눈길에 의하여 "처마 밑 기둥에 걸어두었던/ 먼지 쌓인" 생명은 새가 되어 넓은 세상의 바깥으로 나갈 준비를 하고 있는 것이다. 아래의 시는 '나와 공동체의 관계'를 보여준다.

어머니는 헌 양말을 기웠다
알록달록 헝겊조각 모은 보자기 풀어
같은 색깔의 헝겊을 골랐다
찢어진 구멍 이쪽저쪽 대어 보며
모양과 크기 맞추어 헝겊의 얼굴을 도려내었다
대체로 사각으로 오려졌고
발가락과 뒤꿈치까지 갈아 끼웠다

서산방조제 물막이 공사처럼
헝겊조각이 양말 구멍 가로막고
어머니 가까스로 그 사이를 봉합했다
한 줄 물샐틈없이 막으려는 듯 안팎 뒤집으며
한 땀 한 땀 꿰매는 것이었다
나는 한 손 한 손 손놀림 바라보다
어머니 무릎 베고 잠들곤 했다
호롱불도 뾰족한 눈꼬리로 쳐다보는 것이었다

실밥 사이로 곧 피 흐르고 흙발에 때 묻으면서
양말의 한 몸으로 다시 살아났다
그 양말과 어느 옷자락들 닳아 버려질 때
또 만물상자 같은 보자기로 들어가고
내 발바닥에는 온갖 가족들 냄새 뒤집어쓴
여러 얼굴들 붙어 있었다
─「여러 얼굴들 붙어 있었다」 전문

　버려진 조각들이 모아져 한 켤레의 양말을 이룬다. "온갖 가족들 냄새 뒤집어쓴/ 여러 얼굴들이 붙어" 내 발바닥을 구성한다. 우리는 여기서 버려진 것들, 사라지는 것들, 거창하게 말하면 전통의 의미를 되새겨볼 수 있다. 버려진 것들은 오늘의 나를 이룬다. 그것은 "서산방조제 물막이 공사처럼" 어지러운 내 존재의 "사이를 봉합"하며 나의 정체성을 유지시킨다. 여기에 호롱불마저 "뾰족한 눈꼬리로" 감응한다. 물론 버려진 것들이 나를 이루는 과정은 피를 수반("실밥 사이로 피 흐르고")하는 것이지만 그것은 현실에 섞이면서("흙발에 때 묻으면서") "한 몸으로 다시 살아"날 수 있는 것이다. 그리하여 버려진 것들, 낡은 것들은 현존으로 엮어주는 공통 조건이자 자신의 존재 근원이 된다. 아울러 자신은 또 이제 자신을 근원으로 삼는 새로운 존재에게로 흘러가게("그 양말과 어느 옷자락들 닳아 버려질 때/ 또 만물상자 같은 보자기로 들어가고") 된다. 그러니 나라는 존재를 구성하는 것은 여러 버려진 존재들이고, 마찬가지로 나 자신도 언제든 타자에게로 들어갈 준비를 하게 된다. 이것이 시인이 이해한 공동체의 의미요 전통의 존재방식이라 할 수 있다.

　시인은 그 전통을 철저하게 사물들 속으로 내려가는 묘사를 통해 잡아낸다. 「측백나무와 참새」라는 작품에서는 참새 한 마리가 '강동면사무소' 마당 측백나무 가지에 내려앉았다가, 땅으로 수직 하강했다가, 은행나무 가지로 이동하는 모습을 통해 한가로운 시골 면사무소의 정경을 아름답게 묘사하고 있다. 이 시에서 특히 눈에 띄는 것은 참새의 동선을 따라 모든 사물들이 반응한다는 것이다. 그 참새가 측백나무 가지에 내려앉자 나뭇가지가 철렁하고 파문을 일으키고, "금방 땅으로 수직 하강"하고는 "다시 커다란 포물선을 그리며／ 키 큰 은행나무 가지로 이동"하자 "뜰에 몰려있던 라일락 향기(가)／ 그 꽁무니를 쫓아 따라간다". 작은 새 한 마리의 움직임을 따라 크고 작은 사물들은 움직이고, 이와 함께 한가로운 면사무소의 공간 구석구석들은 온통 그 기운으로 출렁인다. 여기까지만 보면 이 시의 초점은 새 한 마리에 움직임에 놓여있다고 할 수 있다. 그러나 이 새의 움직임은 "하강 수직선과 포물선／ 아침 일찍, 참새가 가뿐하게 처리하는／ 수결手決"이라는 마지막 부분에 이르면 면사무소 직원들의 속성手決으로 낮게 스며든다. 참새 쪽으로 갔다가 다시 면사무소 쪽으로 오는, 완벽한 균형을 이루며 양쪽으로 다 일으켜 세우는 시인의 묘사는 아주 조밀하고도 섬세하다.

이러한 묘사는 말뚝에 매여서 말뚝을 잡아당기지만 그것을 벗어나지 못하는 소를 차분하고도 끈질기게 관찰하면서 농촌에서의 노동과 현실, 나아가 모든 존재의 운명까지를 그리고 있는 「말뚝」에서도 여실히 드러난다.

고삐를 당겼다 팽팽하게 공중에 줄을 치며 외줄로 잡아당겼다 말뚝은 말뚝대로 소는 소대로 잡아당겼다 소가 한번 잡아당기면 말뚝도 한번 잡아당겼다 소 힘만큼 말뚝에게도 힘이 있었다 소가 바깥으로 끌어당기면 말뚝은 안으로 끌어당겼다 이쪽에서 놓으면 저쪽에서도 놓았다 서로 모르게 끌어당길 수는 없었다

검게 박힌 말뚝으로부터 소는 달아날 수 없었다 말뚝도 한 발 움직일 수 없었다 서 너 발 거리에서 말뚝은 소를 소는 말뚝을 바라보았다 말뚝이 없으면 소 없고 소 없으면 말뚝 없었다 이 말뚝에 소뿔때기를 오래 비빈 적 있었을 것이다 그때 말뚝도 제 뿔때기를 소뿔때기에 비벼 대었을 것이다 소가 스스로 고삐를 맬 수 없듯 말뚝도 스스로 땅을 뚫지 못했다 말뚝이 땅에 박혀있지 않으면 말뚝이 아니었다
―「말뚝」 전문

말뚝에 매인 소에서 시인이 일차적으로 발견한 것은 어떤 두 힘의 팽팽한 상호길항이다. 실제로는 소만 말뚝을 잡아당기는데 소가 말뚝을 벗어날 수 없음을 보고 시인이 그렇게 표현한 것이다. 여기서 소와 말뚝은 안과

밖, 구심력과 원심력 등 모든 면에서 균일한 힘으로 잡아
당기며 서로 같은 동작과 행동을 되풀이한다. "서로 모
르게 끌어당길 수는 없었다"고 하여 서로의 존재 이유가
되기도 한다. 이리하여 시가 점점 진행될수록 소와 말뚝
은 적대적인 것이 아니라 친근한 것으로, 나아가 우리 삶
을 이루는 어떤 공통 조건 "말뚝이 없으면 소 없고 소 없
으면 말뚝 없었다."가 된다. 이 시는 시인의 체험에서 우
러난 것이다. 우선 그것은 농촌 삶의 고달픔에서 연유한
것으로 보인다. 힘겨운 삶을 벗어나고 싶으나 벗어나지
못하게 하는 어떤 현실 같은 것 말이다. 이 시는 모든 삶
의 존재방식으로 읽힐 수 있다. 말뚝이 없으면 소의 삶은
너무나 안일할 수 있는 반면, 일탈과 무절제로 흐르기 쉽
다. 그래서 말뚝은 어떤 존재에게 없어서는 안 될 근원동
력 같은 것이라 할 수 있다. 그러나 그의 시의 속성과 관
련시켜서 그 범위를 축소시켜서 보자면 말뚝과 소는 농
촌 공동체와 그 구성원을 함의할 수 있다. 아무리 그 삶
이 팍팍하더라도 시인은 쉽사리 자신의 존재가 말미암은
터전을 벗어날 수 없다는 것이다. 자신의 삶의 근원에 대
한 포기할 수 없는 애정을 시인은 소와 말뚝으로 잡아놓
았다. 이런 애정은 예컨대 「동신여인숙」의

복사꽃그림 액자도 유리 꺼풀 쓴 채 고개 숙였다
연탄불 갈아 주던 안주인 이제 없다
기적 울 때마다 대문간 기웃거렸을 손님

낯선 그를 맞아 불빛 너머 눈길 주던 주인도
옛사람이 되었다
따뜻하게 몸 데워주던 장판지
다시 등 비빌 손님 오지 않는다는 걸 아는지
방구석 여기저기에서 몸을 말며 일어났다
토함산 넘어 감은사지 대왕암바다 간다던
언제 이곳에 머물렀던 손님은
불국 정토로 먼저 갔을까
환하게 등 밝힌 이 목련은 알고 있을까
물오른 나뭇가지 틀어쥐고 담장 밖으로
모가지 뺀 개복숭꽃망울 얼룩진
철 대문 붙들고 빨강 움 틔우는 담쟁이 손들
봄 때문만은 아니다

　　같은 구절에서도 잘 드러난다. 불국사역 앞 지금은 폐가가 된 '동신여인숙'이라는 장소에서 시인의 감정이 짠하게 묻어나는 것은 울긋불긋한 꽃무늬이다. 꽃은 여인숙이 한창 잘 나갔을 때의 흥성거림을 연상하게 한다. 주인도 안주인도 다 옛사람이 된 지금, '복사꽃그림 액자'는 유리 꺼풀 쓴 채 있고, 목련은 환하게 등 밝히고, 개복숭아꽃망울은 모가지를 빼고, 빨강 움 틔우는 담쟁이 손들은 철 대문을 붙들고 있으니 얼마나 짠하겠는가. 이는 시인의 그 시절에 대한 열망이 그만큼 크고 뿌리 깊다는 뜻이다. 이렇게 온몸에 스민 공동체에 대한 사랑이 다음과 같은 시를 만든다.

질펀한 논, 물 가두고 못자리 무논 써레질한다
경운기 지날 적마다 황토빛으로 비벼지는 논물
좌우로 비켜서면서 진주 꾸러미 같은
물방울 만든다 흰 비닐 앞치마에 누런 장화
허벅지까지 끌어올린 농부 그 뒤를 치고 따른다
아직 살아 있는 물방울들 긴 꼬리 내며
농부 뒤에서 동그랗게 사라진다
반듯한 수면 위에 반사되는 햇살
피하려는 듯 눈 지그시 감았으나 그 눈
모자챙 그늘에서 빛난다 물레방아처럼 도는
경운기 철바퀴에 곡예사같이 달라붙었다가 곤두박질
흙탕물 속으로 떨어지는 진흙
혓바닥 같은 장화 밑바닥이 깊숙이 논바닥 핥고 올라오더니
한 발 앞에서 다시 박혀 든다
사계절 한번 그들 세상이 온 듯 마구 설치며
새로 뽑아낸 베틀 북 같은 발자국 속으로
깔깔거리며 파고드는 흙탕물들
빙빙 그들 달래며 논바닥 돌아 나오는 농부 이마에
벼알 같은 땀방울 흐르는데 앞산이
진달래꽃물 들이고 논바닥으로 슬몃 들어선다
–「써레질」 전문

    앞의 시와는 그 분위기가 정반대다. 이는 '진주 꾸러미', '마구 설치며', '깔깔거리며' 등의 시어에서도 드러난다. 써레질은 느긋하게 행해지는 생명성의 의식 같다.

경운기 바퀴가 지날 때마다 생기는 논물과 물방울, 진흙, 흙탕물들은 농부의 몸에 다정스레 달라붙고, 농부는 농부대로 "빙빙 그들 달래"기도 한다. 이런 축제의 한마당에 "반사되는 햇살"은 "두 눈 지긋이 감"아도 "모자챙 그늘에서 빛난다."고 하여 한껏 부풀어 오른 감정을 드러낸다. 그뿐이 아니다. "앞산이/ 진달래꽃물 들이고 논바닥으로 슬몃 들어선다"고 하여 써레질이 단순히 흙을 갈아엎는 행위를 넘어서 우주만상이 참여하는 한바탕의 의례가 됨을 시인은 확실히 보여주고 있다.

농촌공동체를 비롯한 전통적 공간에 대한 사랑은 그가 나고 자란 내력과 개인적 취향 등이 고루 작용한 결과이리라 생각된다. 소와 말뚝처럼 그와 공동체적 공간은 강한 유대와 사랑으로 결속되어 있다. 시인은 그래서 그만의 특장이 드러나는 대부분의 시들을 그가 나고 자란 가계와 농촌, 인근에서 건져 올리고 있다. 더욱이 시인이 그려내는 풍경은 그의 기억에 각인된 것이 아니라, 그가 직접 경험하고 지금도 관여하고 있는 공간에 사는 사람들 중의 한 사람의 시각으로 산출한 것이라는 점에서 더 의의가 있다고 할 수 있다.

지금까지 필자는 이제 사라져가는 풍경을 시화하는 이여명 시의 특징을 몇 가지를 중심으로 살펴보았지만 구체적이고도 핍진한 체험의 깊이에서 연유된 그의 세계를 더욱 깊이 파고들어 가서 향유하는 일은 전적으로 독자의 몫이라고 생각한다.